KB027855

| 천영희 시집 |

동백꽃은 언제 피려나

한누리미디어

| 시인의 말 |

어둠이 흐느끼는 밤이면 시를 씁니다
실타래에 돌돌 감긴 가슴 속 아픔들
한 올 한 올 시로 엮어내면
붉은 한숨이 하얀 꽃으로 활짝 피어납니다

시를 쓰므로 내가 살아있다는 존재감을 의식합니다

가을비에 촉촉이 젖은 신새벽
원고지에 주워 담은 진주꾸러미
내 삶의 행복꾸러미입니다

시평으로 시를 빛내주신 이상호 교수님께 감사드립니다

2022. 가을

천 영 희

/ 동백꽃은 언제 피려나 /

차례

시인의 말 · 7
작품해설/ 팽팽한 균형을 이루는 '삶의 대차대조표'를
완성하기 위하여 _ 이상호 · 119

제1부
뒷모습이 아름답다

허수아비 …… 016
삶의 대차대조표 …… 017
그때 그 시절 …… 018
카네이션 꽃 …… 019
TV속 가을잔치 …… 020
족쇄 …… 022
상념 …… 023
12월의 해변 …… 024
이름 석자 …… 025
어머니 …… 026
뒷모습이 아름답다 …… 028
그립다 …… 029
봄비 …… 030
땡그랑 땡그랑 …… 031
오늘을 줍다 …… 032
아버지 …… 033
만물상 …… 034
이별 …… 035

차례

제2부 수양버들 가지에 봄은 출렁이고

038 …… 비 개인 오후
039 …… 기차여행
040 …… 봄의 합창소리
041 …… 동백꽃은 언제 피려나
042 …… 눈 맞춤
043 …… 열대야
044 …… 허기
045 …… 장마
046 …… 꽃이 진다
047 …… 한파
048 …… 겨울밤
049 …… 태어난다
050 …… 들꽃처럼 살고 싶다
051 …… 아카시아 꽃
052 …… 꽃의 언어
053 …… 봄이고 싶다
054 …… 명상
055 …… 세상살이

제3부
쌩긋 웃는 속눈썹이 예쁘다

참깨꽃 …… 058
국화차 …… 059
코로나19 …… 060
치외법권 …… 061
군자란 …… 062
연방죽 …… 063
역병이 돌고 있다 …… 064
봄이 뒹군다 …… 065
꿈새 …… 066
인생열차 …… 067
오대산 풍경 …… 068
청보리밭 …… 069
딸기 …… 070
섣달 그믐날 …… 071
얼룩진 의자 …… 072
가을 …… 073
상처 …… 074
탑돌이 …… 075
매미소리 …… 076

차례

제4부
쓸쓸함에 대하여

078 …… 시인의 마을
079 …… 세월
080 …… 음지와 양지
081 …… 욕망
082 …… 낡은 세탁기
083 …… 새해를 맞으며
084 …… 파고든다
085 …… 허무의 끝
086 …… 내비게이션
087 …… 그리운 저녁
088 …… 우리네 삶
089 …… 봄나들이
090 …… 인연
091 …… 청춘크림
092 …… 쓸쓸함에 대하여
093 …… 추억정리
094 …… 낯선 얼굴
095 …… 인생의 눈금
096 …… 가을을 낚다

제5부
행복은 꿈속의 파랑새다

홍시 두 개 …… 098
골프 …… 099
초록광장 …… 100
새싹이 돋아날까 …… 101
행복이란 …… 102
흙터 …… 103
봄 봄 봄 …… 104
카멜레온 …… 105
설익은 감 …… 106
성애 …… 107
돌고래 분수대 …… 108
땅 …… 110
달의 한숨소리 …… 111
부엌 …… 112
외로움 …… 114
이삿짐 …… 115
지나간다 …… 116
오늘 …… 117
시의 꽃 …… 118

/ 동백꽃은 언제 피려나 /

제 1 부

뒷모습이 아름답다

허수아비

허수아비 발 동동이는 황금 들판
벼 이삭 끝에 매달린 시어
참새가 콕콕 쪼아 붓통에 담고
빨랫줄에 앉아 숨고르기 하더니
대청 문 두드리며 호롱불 밝히고
벼루에 먹을 갈라고 한다

시 쓰기다

삶의 대차대조표

조물주로부터 대출받은 목숨
금리가 너무 높다

삶의 대차대조표를 보니
향내 배인 핑크빛 꽃길은 짧고
먹구름 짙게 뒤덮인 협곡에
밧줄 잡고 바둥거렸던 길은 길다

들꽃과 산새들이 배웅하는 따뜻한 봄날
이자 차곡차곡 포개 배낭에 넣어 메고
대출 상환하러 가는 길목

11월의 끝자락
찬바람에 나뒹구는 낙엽
비에 젖어 뭉개진 채
흙으로 돌아가고 있다

그때 그 시절

처마 끝 고드름 대롱거리고
앙상한 모과나무 밑 수도꼭지엔
벌건 살점이 쩍쩍 달라붙고
텅빈 쌀항아리 누더기 두른 마음도
꽁꽁 얼어버렸던 가난의 70년대

그때 그 시절 지나 지금은
리모컨으로 지령 내려 가전기기 움직이고
내비게이션 지시로 맛집 찾아 나들이 가는 우리들
황혼빛 노을이 참 이쁘다

카네이션 꽃

뒷방 구석에 오두마니 앉아있던 낡은 기타
광화문 연가를 목청껏 부르며 청춘을 불태우던
푸르던 시절이 그립다

문고리 헐거워진 서랍장 안에 들어앉은
빛바랜 앨범 속 사진
파닥이던 웃음소리 파랑새 되어 날아가고
주름진 한숨소리만 문틈으로 새어나온다

붉은 카네이션 꽃에 배인 사랑의 온기 어루만지는
달콤한 눈길
꽃물 든 오월에 뜨는 가정의 달이 따습다

TV속 가을잔치

양지바른 거실에서 햇살 한 움큼 보듬고
지팡이와 나란히 벽에 기댄 채
꾸벅꾸벅 졸고 있는 무료한 일상

TV화면 속 가을 풍경을 보며
청록빛 맑은 하늘과 알록달록 가을 산을
집으로 초대해 본다

바윗돌 비켜 서 있는 붉게 물든 산벚나무
피톤치드 뿜어내는 자작나무
산수유 산딸나무 빨간 열매에 매달린
햇볕 쪼고 있는 산새들

단풍잎 물고 골짜기 휘돌아가는 시냇물에
사뿐히 목 축이는 꽃사슴
칡넝쿨 아래 배시시 웃고 있는 키 작은 들꽃

고요만 맴돌던 대청마루에 와자지껄 북적이는
울긋불긋 가을잔치

해질녘 햅쌀밥에 시래기 된장국으로 허기 채우고
그들과 손깍지 끼고 억새꽃 헤치며 마음의 둘레길
걸어보는 행복한 가을 단풍놀이였다

족쇄

주부로 입사한 지 오십 년
파란만장 요지경 속에
광대놀음 하며 걸어온 피멍 든 발자국들

머리부터 발끝까지 고장 난 몸뚱이
명의의 처방전에 의지하며 지내고 있다

교대 없는 주야간 근무에 공휴일도 헌납하고
명절엔 딱따구리 쪼는 듯한 두통에 시달리며
이 나이 되도록 정년퇴직 못 하고 연장근무에
불침번까지 서고 있다

성근 백발에 붉은 띠 질끈 매고
파업을 외치던 노파
성대결절로 목소리만 퉁퉁 부었다

빛바랜 행주치마 고이 접어 도마 위에 올려놓고
장롱 속 족쇄 채운 노비문서 파기할 날 기다리니

멀리 요양병원 불빛이 어서 오라 깜박이며
길 안내하겠단다

상념

황혼의 초행길에 멍든 긴 터널 지나
똬리 틀고 앉은 늙은 호박이 추억 한줌 줍는 날이면
놀이터인 주말농장 밭고랑에선 무 배추 쑥갓 가득하고
호미 끝에 매달린 여치 풀무치 노랫소리에
그을린 얼굴 위 흐르던 땀이 씻기운다

무서리 내리던 날이면
감나무 가지에 주렁주렁 달린 등불 같은 상념들
거울 속 축 처진 눈꺼풀 축 처진 볼 축 처진 어깻죽지
세월이 밟고 지나간 발자국들

파도에 씻긴 시간 주워 배낭에 담고
수평선 너머 유토피아로 소풍 가는 꿈을 꾸어 본다

12월의 해변

추억 주우러 찾아간 무의도 하나개해수욕장
썰물이 빠져나간 썰렁한 바닷가엔 왁자지껄
웃음소리 배어 있는 발자국만 뒤엉켜 뒹굴고

빈소라 껍데기엔 햇빛과 갯바람이 들어앉아
차디찬 허공만 바라보고 있다

갯벌 향해 옹이 박힌 상채기 목청껏 토해내니
오십년 묵은 체증 갯바람 타고 두둥실 떠내려간다

이름 석자

이름 석자 보퉁이에 넣어 머리에 이고
완행열차 타고 상경하여

산전수전 시집살이 겪다 보니 어느새 백발 되어
이정표 없는 그곳을 향해 걸어가고 있다

송아지 코뚜레 끼워 길들이기하여 황소 되니
멍에 짊어진 채 채찍 맞으며 쟁기로 척박한 땅
옥토 만들어 주인에게 진상하고 가죽과 뼈까지 내어준
너를 닮은 듯

이름 잃고 며느리 집사람 엄마로 불리던 여인
빛바랜 행주치마 정갈하게 접어두고
이제는 이름 석자 고딕체로 새겨진
명함 한 장 갖고 싶구나

어머니

백세를 누리신 어머니
얼굴엔 연지곤지
동백기름 자르르 옥비녀 꽂고
비단 옷에 꽃신 신고
아장아장 재 넘어 가신다

두견새 구슬픈 울음소리 밟으며
아버지 만나러 가시나 보다
촉촉이 젖은 그리움 안고 종종걸음으로
임 보러 가시나 보다

버들 류씨 양반댁 규수
열일곱에 시집 와서 칠남매 낳으시고
손발톱 닳도록 논밭에 피땀 적셔
알알이 영근 곡식 거두어 자식들 키워내시더니
고요히 눈 감고 가시나 보다

여든한 살 큰 언니 쌍지팡이 짚으며 흐느끼고
잿빛 하늘도 주르룩 눈물 뿌리며
어머니 가시는 길을 배웅합니다

마중 나오신 아버지 손 마주잡고 회포 푸시고
가슴에 묻었던 큰 아들도 만나
다독다독 감싸 안으시고
풍파 없는 그곳에서 평안히 지내십시오

어머니 사랑합니다

뒷모습이 아름답다

호각 불며 채찍으로 재촉해도
뾰족바위 껴안고 산모롱이 돌아
침묵하며 흐르는 저 강물

붉은 혀 날름거리는 세상 온갖 유혹에도
핏빛 얼비친 속울음 삼긴 채 정절 지키며
지내온 생애

바짓가랑이 걷어 올리고 뒤뚱거리며 건너온 징검다리
원망과 연민을 망각이란 지우개로 지워버리니
후회도 미련도 없다

꺼버렸던 추억의 등불 다시 켜고
사각사각 익어가는 과수원의 빨간 사과 뚝 따
한입 베어 오물오물 가을을 삼키며
도도한 강물 따라 걸어가는 맨발의 여인,

뒷모습이 아름답다

그립다

앙상한 감나무 꼭대기에 매달린
까치밥 홍시가 따사로운 겨울 볕에
몸을 녹이고 있다

뒷짐 지고 실버타운 기웃거리며
여생을 보낼 아랫목 찾아 두리번거리는
은발의 할미

떫던 풋감 시절이 그립다

봄비

봄비가 도시의 소음을 적시며
메마른 나뭇가지를 흔들어 깨운다
화단에 웅크렸던 풀잎 빼금거리며 목축이니
동그란 눈망울이 별처럼 초롱하다

우산 속 아이들 봄 속을 첨벙거리며 깔깔대고
멧새들은 빗속 질주하다가 봄바람에 몸단장을 한다
남녘 꽃소식이 봄비 타고 날아드는 연분홍 춘삼월이다

땡그랑 땡그랑

벽시계의 추가 추억을 매달고 대롱거린다

땡그랑 유년시절의 연둣빛 풋내음
땡그랑 청년시절의 청록빛 파닥임
땡그랑 중년의 보랏빛 요염함
땡그랑 노년의 은빛 중후함

빛바랜 벽지 속에 숨어있던 시간들이
노을빛 따라 오늘이란 산등성이를
넘어가고 있다

오늘을 줍다

지친 삶
바람에게 기댄 채
떠도는 구름 따라가는
황혼의 끝자락

물살에 할퀴어
섬 안에 갇혔던 상채기
빗장 열고 안고 가는 파도소리 들으며

신새벽
삭정이 끝에 매달린 오늘을 줍는
여인의 손끝이 하얗게 떨고 있다

아버지

겨우내 움츠렸던 텅 빈 밭두렁
봄 되니 두런두런 잠에서 깨어나
기지개 펴는 초롱한 생명들

여치 풀무치 앞세워
쟁기 메고 밭갈이하던 아버지
새참 오니 막걸리 한 사발에
봄바람 휘이저어 꿀꺽 마신다

노을 짊어지고 들어서는
황소의 워낭소리에 사립문은 열리고
봄볕에 그을린 아버지의 얼굴엔
세월의 흔적인 듯 밭고랑 같은 주름살이
훈장처럼 빛난다

외양간 여물통에 모락거리는 여물 먹는
황소 등을 쓰다듬던 그 따스한 당신의 눈길
그립습니다 아버지

만물상

우리 집 냉장고는 만물상이다

바다에서 덥석 잡혀와 호명을 기다리는
조기 갈치 민어 오징어

가을빛 머금은 고춧가루 참깨 녹두는
검정 비닐봉지 뒤집어쓴 채 비좁아 뒤척이고

하늘길 건너온 아몬드 호두 브라질너트
세계 공통어로 시끌벅적 호들갑에
쉿! 물총 쏘는 모시조개

언니가 보내준 구수한 미숫가루
장어구이 문어는 냉동실 탈출을 고대하며
오두마니 앉아있다

오늘 저녁은 윤기 자르르 흐르는 햅쌀밥에
보글보글 끓는 갈치조림으로 허기를 달래야겠다

이별

단풍잎이 찬바람에 허공 부여잡고
팽그르르 구르더니 생명줄 놓고
풀섶에 털썩 주저앉는다

겨울 되면 대지의 생명들 동면 들어가고
봄 되면 부스스 깨어나는데
이름 석자 남기고 간 맘결 곱던 친구
꿈에서나 만나볼 수 있을까?

이별의 아쉬움 꿀꺽 삼키며
전화번호부에서 삭제를 누른다
정만 주고 떠나간 그 이름 잊을 길 없어
가슴 깊이 흐느낌으로 새겨둡니다

/ 동백꽃은 언제 피려나 /

제2부

수양버들 가지에
봄은 출렁이고

비 개인 오후

후두둑 후두둑 봄을 부르던 비 개인 오후
운동화 끈 동여매고 안양천에 봄맞이 나갔다
물 위에 노닐던 청둥오리는 비 그친 줄도 모르고
둥지에서 뒹굴며 나른한 오후를 보내고 있고
민들레 엉겅퀴 쑥부쟁이는 맑게 씻기운 얼굴에
햇살로 분단장하고 길손들의 눈길에 쌩긋 반긴다
옷깃 파고드는 봄바람
상큼하던 나들이에 푸르게 회춘하는 발걸음
행복한 비 개인 오후다

기차여행

연둣빛 바람이 불어온다
삭풍에 웅크렸던 나뭇가지에
빼꼼이 얼굴 내민 아기손 같은 이파리들

봄을 연주하던 새들의 노랫소리
민들레 홀씨 타고 소맷자락에 날아들고

산수유 매화 개나리 벚꽃
흐드러진 웃음꽃 잔치에
들썩이는 어깻죽지

올봄엔 칙칙했던 기억들
꽃샘바람에 실려 보내고
배낭 메고 추억 주우러
기차여행이나 떠나보자

봄의 합창소리

봄을 물고 날아드는
참새 박새 곤줄박이

수양버들 기지엔
봄이 출렁이고

노랑나비 사뿐사뿐
봄을 나른다

강 건너 아지랑이
청보리 내음 안고 노 저어오고
벚꽃잎 꽃바람 등에 태워
푸른 하늘 두둥실

새들의 합창소리에 봄의 빗장이
달그락 열린다

동백꽃은 언제 피려나

칠부능선 지나 해넘이로 가는 길목에서 만난 한파
두툼한 내의에도 뼛속까지 오돌거리는 추위에
혼미해진 시간을 삼키며 지내고 있다

창 넘어 들어온 햇살만 째깍이는 초침과 잠시 놀다 갈 뿐
세파에 얼룩진 노인의 삼시 세끼 상차림과 설거지로
하루가 들숨날숨 숨 고르기 하더니 지팡이 짚고
문지방을 넘어가고 있다

마당에 소복이 쌓인 눈 위의 참새 발자국
엉덩방아에도 까르르 웃는 아이들 웃음소리
빙판 위를 구르고
질긴 시간만 오물거리며 허공에 던진 노인의 독백

동백꽃은 언제 피려나?

눈 맞춤

꽃이 핀다
꽃잎은 햇빛과 눈 맞춤하며 방글거리고
내 눈빛에도 방글거린다

겨울을 배웅하는 봄꽃의 미소다

열대야

열대야에 뒤척이는 밤
풀벌레 비파 타는 소리 들으며
달빛에 머리 감고 바람에 마음을 헹구어본다

매미 떼창소리에 잠 못 이루다가
사르르 내려앉는 눈꺼풀

내일은 소낙비에 흠뻑 젖어
질척이는 더위를 따돌리고 싶구나

허기

매미 울음소리 잦아드는 여름 끝자락
마음의 허기 채우려고 책장을 넘기며
돋보기 너머 활자를 불러들인다

푸르른 창공을 차고 놀던 독수리
숲속을 자맥질하며 낚아챈 먹이로
허기를 채우고

갓난아기는 젖꼭지 입에 물고
엄마와 눈 맞춤하며 허기를 채운다

인간은 욕망에 허기져 울고
산속 부엉이는 사랑에 허기져 운다

오늘도 떠내려가는 추억을
뜰채로 건져 올리며 허기를 채워 본다

장마

여름 장마철
굵은 빗줄기 유리창 두드리며 밖으로 나오라 하고
방충망에 앉아있던 매미는 날개 파닥이며 재촉을 한다

우산 없이 맨발로 빗속을 걷노라니
온몸에 솟아오른 검붉은 열꽃 같은 상념들
한 꺼풀 한 꺼풀 벗겨져 도랑 이룬 빗물에 섞여
강물로 내달리고 있다

빗줄기에 젖어 풋풋해진 머리카락
상큼한 초록냄새에 말똥거리는 눈동자

지구 끝까지 걷고 싶다는 굳은살 박인 발바닥
가출했던 영혼 되돌아온 방안
밤새 콜록이며 뒤척이니 끌끌 혀를 차는 조명등

먹구름과 휴전중인 칠월 장마철
진홍빛 접시꽃이 빼꼼이 얼굴 내민 상현달을
살포시 안아주는 저녁이다

꽃이 진다

사람이 죽으면 흙으로 돌아가듯
향기와 빛깔로 뭇시선 훔치던
꽃들도 시들어 마르면 고개 떨군 채
흙으로 돌아간다

까만 씨방만 남긴 채

한파

강추위에 하늘은 파랗게 얼어 있고
삭정이 끝에 앉아있던 까치발은 파랗게 떨고 있다

역병으로 얼어버린 일상
까만 눈동자만 반딧불처럼 반짝이며
더듬거리는 하루하루

처마 끝 고드름이 아침 햇살에
쨍그랑 구르며 봄을 깨우고 있다

겨울밤

어둠 밟고 사분사분 내리는 눈송이
온 세상을 평온과 고요로 덮는다

동트니 하늘은 청옥빛 보석처럼 빛나고
뜰 앞 동백나무 가지엔 수줍게 피어난 꽃이파리

동네 아이들 털모자 쓰고 눈사람 만들고
감나무 꼭대기 홍시 쪼아 먹던 참새
양지쪽에 포르르 내려앉아 언 발을 녹인다

엉금거리며 걸어가는 노인네의 갈지(之)자 발자국소리
장작 지핀 온돌방 아랫목에 솜이불 덮고 앉아
삶은 고구마에 동치미 후루룩거리는 소리

그렇게 겨울밤은 깊어가고 있다

태어난다

된서리에 낙엽 덮고 별 헤던 도토리
두리번거리던 등산객 손에 덥석 잡혀 와
맷돌에 갈려 무쇠솥에 펄펄 끓어 틀에 갇히면
남녀노소 혀끝을 녹이는 도토리묵으로 태어난다

마음 밭에서 일구어낸 시 한 소쿠리
언어의 꾸러미 삶에 담금질하니
까만 멍 든 시간들 용틀임하며
달고나처럼 다디단 시어로 태어난다

들꽃처럼 살고 싶다

지구 모퉁이에서
'나' 라는 울타리에 갇혀
가쁜 숨 몰아쉬며 살아가고 있는 우리들

행복과 불행이 마음의 창문 기웃거리더니
무단침입하며 들락거린다

번뇌와 망상, 기쁨과 슬픔이 들락거린다

울퉁불퉁 자갈길,
상처로 얼룩진 세상살이에
굳게 닫혔던 마음의 빗장 활짝 열고
불평과 불만, 용서와 사랑이 어깨동무하며
화무십일홍, 권불십년 인생길에
음지에서도 미소 짓는 들꽃처럼 살고 싶다

아카시아 꽃

아카시아 꽃향내 한 움큼 깨물며
벌 나비 쫓아 뛰던 연둣빛 소녀

거친 물살 헤치고 젖은 옷 말려가며
징검다리 건너다보니 초침 타고 떠나가 버린
금빛 내 청춘

석양빛 기대고 창가에 앉아
아카시아 향내 젖은 꿀차로
하루를 달래보는 은발의 여인

싱그런 오월의 숲에서 뛰어놀던
꽃신 두 짝이 빙그레 곁에 와 눕는다

꽃의 언어

포근한 봄날
새초롬한 보랏빛 라일락 꽃봉오리
이슬방울에 얼비친 무지갯빛 하늘 바라보며
향내 젖은 꽃이파리 한잎 두잎 작은 몸짓으로 피어난다

바람 타고 천리를 날아가는 꽃향기
킁킁거리며 풋사랑 찾아 날아든 나비는
회유하기 분주하고 벌들도 기웃거리며
거나하게 들이마신다

설레임 간직하며
만인에게 향기 나눠주는 너
꽃의 언어는 향기다

봄이고 싶다

나는 바람이고 싶다
그대에게 연둣빛 사랑으로 입맞춤하는
바람이고 싶다

나는 햇살이고 싶다
그대에게 따사로운 체온 나눠주는
햇살이고 싶다

나는 꽃이고 싶다
그대에게 꽃향기 듬뿍 안겨주는
꽃이고 싶다

나는 봄이고 싶다
그대에게 상큼한 풀내음 적셔주는
봄이고 싶다

명상

헝클어진 삶에 나를 지워보려고
잠시 눈을 감고 명상에 잠겨본다

수많은 번뇌가 실타래 엉키듯 얽히고설켜
종횡무진 횡설수설 희뿌연 안개 속을 헤매니
쭈뼛 선 머리카락이 툭툭 털고 깨어난다

고요 깔고 가부좌 틀고 앉아 참선으로 정진하면
탐욕이 지워지고 근심 걱정이 지워지고 불안 분노
번뇌와 잡념이 지워지니 곪았던 상처가 치유되어
맑은 삶 터득한 중생들

비움과 나눔을 명상하며 하루를 닫는다

세상살이

인고의 세상살이
사랑과 미움을 저울에 달아본다

팽팽한 수평이다

/ 동백꽃은 언제 피려나 /

제3부

쌩긋 웃는 속눈썹이 예쁘다

참깨꽃

산비탈 뙈기밭
풀벌레와 두런거리던 참깨나무
꽃대궁에 연분홍 참깨꽃이 오순도순 피어난다

멧새 콩새 박새 노랫소리에 실하게 여문 씨방 껴안고
깜박 졸다 보니 지푸라기에 묶인 채 담벼락에 일렬종대로 서서
비지땀 흘리며 산고를 겪고 있다

토독토독 햇살 부여잡고 멍석 위로 뛰어내리니
마당 가득 풍기는 고소한 냄새

앞치마 두른 새각시 엉덩이 씰룩대며
참깨 볶아 시금치나물에 솔솔 뿌려 밥상 위에 올리니
집안 가득 참깨꽃이 활짝 피었습니다

국화차

가을비에 말긋거리다가
햇살 비추니 새초롬히 피어난 들국화
벌 나비 무동 타고 별구경하더니

대나무 채반 위 꼬들해진 숭어리 되어
찻잔의 향내로 눈 맞춤을 한다

쌩긋 웃는 속눈썹이 예쁘다

코로나19

햇볕에 달구어진 사막
모래바람 헤치며 걸어가는 노쇠한 낙타 한 마리

입에는 검정 마스크 손엔 하얀 국화 한 송이 들고
역병으로 별이 된 친구 조문 가는 길이란다

끈질기게 스토킹하는 그놈
지구에는 숨을 곳이 없다

치외법권

전염병으로 지구가 끙끙 앓고 있다
마스크 거리두기 아랑곳 않고
잔디밭에 우르르 몰려 앉아
구구구 수다 떨며
네잎 클로버 찾고 있는 비둘기 떼
치외법권 누리는 너희들이 부럽구나

군자란

햇볕 토닥거리는 화분 속 군자란
겨우내 웅크리며 오돌오돌 견디더니
봄 머금고 고개 내민 토실한 꽃대궁
주황색 꽃봉오리가 역병으로 움츠러든
마음에 희망의 등불 되어 방글거린다

연방죽

아침 햇살 비추니
연잎 위 또르르 구르는 이슬방울
덥석 받아먹는 청개구리

싱그러운 초록바람에
부시시 피어나는 연꽃

뭇시선 흠뻑 마신 꽃이파리
취한 듯 수줍은 듯 열일곱 소녀처럼
볼그레 생글거린다

어둠과 혼탁으로 범벅이 된 세상을
환한 꽃불로 밝혀 주는 만개한 연꽃

상큼한 향내 배인 하루가
연방죽의 고요를 첨벙거리며 지나가고 있다

역병이 돌고 있다

돈다돈다 지구가 비틀거리며 돈다
태풍의 눈 굴리며 역병이 돌고
작두 타고 악성 루머가 돌고
샛별 바라보며 말똥거리던 우리들은
역병 밟고 강강술래하며 돈다

울긋불긋 만장 깃발에 흥건히 배인 진혼곡 소리
목줄에 묶인 백구 컹컹 울부짖다가
달빛 입에 물고 그리움 삼키며
뱅글뱅글 돌고 있다

하— 어지러운 세상
오늘, 시간만 푸른 하늘 바라보며
직립보행하고 있다

봄이 뒹군다

보송한 솜털 살며시 부비며
연둣빛 봄이 가슴에 안긴다

콩닥거리는 심장소리에 피어나는 꽃송이
봄과 손잡고 왈츠를 추는 꽃들의 향연

나팔 불며 뱅글거리는 벌 나비떼
버들강아지 너울너울 초록바람 부르고
잔디밭에 아장아장 손녀딸 웃음소리 까르르

봄이 뒹군다

꿈새

밤마다 날아드는 작은 새 한 마리
형광등 불빛 꺼진 적막에서
어둠을 먹고 사는 꿈새
항성과 행성을 오가며 우주를 유희하다가
태풍 몰아치면 숲속 바위 밑에 웅크리기도 하고
바다 속 초록 물고기 구경하다가 풍랑 덮치면
산호 뒤에 숨기도 한다
지친 일상에 드르렁거리는 곁을 말똥거리며 지키다가
동 트니 창문 열고 미지의 세계로 날아가 버린 너
몽환에 뒤척이다가 퀭한 눈으로 부스스 일어나
머리에 빗질을 하면 거울 속에 비친 꿈 조각이
빙그레 아침 인사를 한다
오늘 밤엔 진한 화장을 하고 꿈새 등에 타고
무릉도원 꽃구경이나 가봐야겠다

인생열차

기차역 대합실에 북적이는 발걸음
수인번호 가슴에 달고 기차에 오른다

행선지도 모른 채 끌려가는 사람들
긴 기적소리가 구슬프다

차창 커튼 사이 비추던 노을빛은
터널 속에 묻히고 간수의 호명에
간이역마다 내리는 수의 입은 영혼들

천둥 번개 비바람에 목이 쉰 기차의 기적소리
종착역 향해 달려가는 덜컹이는 바퀴소리

마침내
1948번 승객이 생명의 끈을 부여잡고
난간에 기대어 하차할 순간을 기다리고 있다

오대산 풍경

아침 햇살이 초록잎사귀 위에 내려앉은
오대산 산장 잔디밭

번득이며 찾아낸 네잎클로버
행운 움켜진 전율의 순간
산까치 손등 콕콕 쪼며
이제 그만 탐욕을 내려놓으라 한다

돌계단 총총히 내려와
내린천에 띄워 보낸 네잎클로버

바위에 부딪히며 물보라에 미끄러지니
꼬리치던 모래무지 덥석 물고 줄행랑을 치고

아쉬움에 뒤쫓아 가던 뻐꾹새
절간 풍경소리에 흠칫 멈춰선다

청보리밭

봄볕이 맨발로 뛰어다니던 청보리밭
동심이 초록 물결 타고 일렁인다

소달구지 타고 들려주는 보리피리소리
서리한 풋보리 그을려 허기 달래고
입가에 묻은 검댕이 마주보며
깔깔거렸던 푸르던 시절

마파람에 청보리 익어가듯
석양빛에 익어가는 우리들

주전자에서 보리차가 보글거리고 있다

딸기

성당 앞
화분에 심어놓은 딸기 세 그루
똬리에 기댄 별꽃 진자리 고개 내민 풋 딸기
"빨갛게 익으면 아가들만 따 먹으세요"
푯말 위 참새 까치 기웃거리며 입맛 다신다

유모차 바퀴 멈춰 봄볕에 무르익은 빨간 딸기 뚝 따
똘망똘망 아가 입에 쏘―옥
두 손 두 발로 하늘을 움켜쥐고 오물거린다

씨익 웃고 지나는 행인들
뭉클 익어가는 봄날이다

섣달 그믐날

달빛에 젖어 우는 부엉이소리
밤의 적막을 타고 흘러가고

바람소린
앙상한 나뭇잎 타고 흘러간다

얼크렁 설크렁 흘러가는 한해

우리는 그렁저렁 동짓달 지나
섣달 그믐날을 딛고 서 있다

얼룩진 의자

도심 공원 느티나무 아래
세파에 얼룩진 낡은 의자

밤이면 달빛 내려와
정담 나누고

낮이면 햇빛 내려와
눈물 머금은 등이 시린 사람들
포근히 감싸준다

봄이면 새들이 조잘대며 앉았다 가고
꽃잎 맴돌던 벌 나비도 살포시 쉬어간다

여름이면 매미 떼창 소리에 휘청거리고
가을이면 소슬바람 단풍잎 껴안고
뒹굴다 간다

겨울이면 눈비에 웅크린
앙상한 나무 지켜주는 너
모든 걸 내어주는 가슴이 얼룩진
어머니를 닮았구나

가을

초가을
소슬한 바람에 취한 코스모스
맑은 하늘 품어 볼그레 수줍다가
어여쁘다 어루만지는 말에
생글거리는 꽃이파리

벌 나비 고추잠자리
에어쇼하는 가을잔치
주렁주렁 사과 배 대추
새콤달콤 생과일잔치
누렇게 영글은 벼이삭에 쌀밥잔치

올가을
꽃향기 흠뻑 마시고 노을 베고 누워
뿅따러 가는 꿈이나 꾸어야겠다

상처

하얀 종이 위에
연필로 쓴 낙서는
지우개로 지우지만
마음 속 각인된 붉은 상처는
무엇으로 지울 수 있을까?

탑돌이

풍경소리 그윽한 산사
비바람에 씻긴 석탑을 돌며
소원을 비는 중생들의 웅크렸던 고뇌가
사리 되어 탑을 오른다

잿빛 하늘 틈새로
말갛게 웃는 낮달
목탁소리도 합장하며 함께 돌고 있다

매미소리

장마에 움츠렸던 매미 울음소리
플라타너스 잎사귀 딛고
파아란 오늘을 열고 나온다

백일홍 나팔꽃 긴 하품에서 깨어나고
매미채 들고 희번득이는 아이들 피해
고층 아파트 방충망에 피신 온 매미의 애처로운 눈빛

짧디 짧은 생의 날개 퍼득이는 고막의 울림
가파랗던 여름의 강을 건너
무더위 물고 잦아드는 매미 울음소리

귓전에 맴돌던 매암 매암 매암소리
허공으로 날아가니 배롱나무 꽃잎도 따라 날아간다

제4부

쓸쓸함에 대하여

시인의 마을

이슬만 먹고 살 것 같은 언덕 아래
고즈넉한 시인의 마을이 있다

어둠 내리면 평상 위에 두런두런
얘기꽃 피우던 달과 별
기웃거리다 곁에 앉은 바람
나뭇가지 위 새둥지에 새끼 재우고
포르르 내려와 합석하는 어미 새

시끌벅적한 삼라만상 얘기에
날 새는 줄 모르고 주거니 받거니
얼큰히 취한 홍조 띤 얼굴들

이른 아침
하루를 여는 촌장의 기침 소리에
맛깔난 시어 한 보따리 걸어둔 채
종종걸음으로 돌아가는 달과 별 그리고 바람

굴뚝에서 피어오르는 누룽지 냄새에
방글거리는 나팔꽃

시인의 마을에 아침이 밝았다

세월

저녁노을 지고
어둠이 땅에 스밀 무렵
찌든 세월 저울 위에 올려놓으니
눈금이 힐끔 쳐다보며 볼멘소리로
등뼈 바스러지니 어서 내려가라 한다

창밖엔 싸락눈이 내리고 있다

음지와 양지

동남쪽 앞 베란다
달빛 머금고 동면하던 수선화 히아신스 베고니아 영산홍
풋내 물씬한 봄볕 부여잡고 빨강 노랑 보랏빛 꽃으로 피어난다

서북쪽 뒤 베란다
을씨년스런 찬바람에 오돌거리며 지내던 허드레 집기
녹색 곰팡이가 심술을 부린다
세제에 담금질한 수세미로 빡빡 문질러도
버둥거리며 버티니 부실한 뼈마디가 욱신거린다

한울타리 안의 음지와 양지
서로가 다르지만 가슴으로 껴안고
토닥이며 살아가고 있다

욕망

욕망에 찌든 상념 널벅지에 담아
개울가 빨래터에서 비움으로 문지르니
몽글몽글 피어오르는 하얀 거품에
바둥대며 앙탈부리다가 씻겨 내려간다
개울물에 열두 번 헹구어 빨랫줄에 걸어두니
햇빛과 바람에 뽀송해진 내 마음

잠자리 맴도는 장독대 널벅지엔
보리피리 소리만 찰랑거린다

낡은 세탁기

응달 맨바닥에 쭈그리고 앉아
시린 손 호호 불며 얼룩진 때를
뽀드득뽀드득 벗겨내고
빨랫줄에 찰랑이는 맑은 영혼 바라보며
웃음 짓던 낡은 세탁기

네가 파업을 선언하던 날
한파에 얼어버린 몸뚱이
따끈한 차로 어르고 달래 보아도
뾰로통 토라진 채 삭아버린 뼈마디에
영양제라도 맞아야겠단다

그래
뜨끈한 아랫목에 링거 꽂고
너랑 나랑 나란히 누워
무정한 세월 탓만 하지 말고
추슬러 보자꾸나

옥빛 하늘에 하얀 옥양목 치마가
펄럭이고 있다

새해를 맞으며

멍든 몽돌 되어 구르며
세파에 표류하던 시간들
평화의 구명조끼 입고
등댓불 깜박이는 짙푸른 밤을
헤엄쳐 간다

목마름에 파닥이며
고통의 그물망을 빠져 나오는
희망의 순간들

굴렁쇠 굴리며 떠오르는
태양빛이 금빛이다

파고든다

삭풍에 숲속 나무들
햇볕 껴안고 추위 견디고
앞마당 황구 달빛 목에 두르고
컹컹 짖으며 추위 몰아낸다

새앙쥐가 추울 땐
황토방 아궁이 속으로 숨어들고
여인이 추울 땐 님의 품으로 파고든다

허무의 끝

창공을 가르며 비상하던 독수리
광풍에 날개가 부러진다

밀림 속에서 포효하며 먹잇감 쫓아
번뜩이던 숫사자
손발톱 빠져 풀숲에 배인
핏빛 한숨이 흥건하다

가장이란 무게에 짓눌려
담배연기로 달래더니
아궁이 속 이글거리던 장작불
까만 그을음만 남긴 채
사그라지듯 쪼그라 들어가는 폐부

콜록거리며 내민 장애인 등록증에
일흔 다섯 개의 검붉은 허무가
방울져 떨어진다

단풍잎 지고 외로움에 떨고 있는 앙상한 나뭇가지
세월 꿰어 뜨개질한 털목도리 둘러주는 여인의 가슴이
연민으로 얼룩져 있다

내비게이션

21세기 인공지능이 낳은 내비게이션
고속도로 굴곡진 산길 터널길도
손사래 치지 않고 장거리 여행에도
투덜대지 않으며 상냥한 목소리로
척척박사 되어 길을 안내해 준다

칠흑 같은 어둠 거센 풍랑 속에서도
자식들 내비게이션 되어 살아온 칠십 평생
빈 둥지 증후군에 허탈해진 영혼

낙조를 바라보며 마른 눈물 삼키는 인생길에
내비게이션이 되어줄 사람 어디 없소?

그리운 저녁

동지섣달 기나긴 밤이면
문풍지 사이로 새어드는 차가운 달빛

온 식구 화롯가에 둘러앉아
소쿠리 안 모락거리는 삶은 고구마에
손길이 분주하다

김치 한 가닥 돌돌 말아 한입 베어 물고
동치미 한 사발로 입가심하면
세상을 모두 가진 듯한 그 포만감

칠남매 웃음소리에 문고리는 달그락거리고
어느덧 팔순 넘긴 큰언니의 댕기머리
찰랑이던 그 때가 그리운 저녁이다

우리네 삶

농축된 엑기스 같은
하루를 살다 가는 하루살이

푸르른 그늘 아래
한 달을 살다 가는 매미

꽃들은 피고 지고 피고 지고
해와 달은 일출과 일몰
자전과 공전으로 영원한데

우리네 삶은
부귀영화 무지개 꿈꾸며 태어나
희로애락 혼불 태우고
생로병사에 허우적거리며 지내다가
삶의 끈을 놓는다

봄나들이

툇마루 끝에 앉아있던 햇살이
꽃구경 가자고 보채는 오후

벚꽃 흐드러진 안양천 뚝방길
미풍에 하르르 파아란 하늘 차고 날던
연분홍 꽃잎이 봄을 만져보라며
살포시 저고리 섶에 안긴다

보드라운 향내 삼키며 걷노라니
붉은 노을 내려앉은 풀섶 곁
화사한 웃음 만개한 홍매화가
긴 그림자를 붙잡는다

이팔청춘 벌 나비 이꽃 저꽃 사랑놀이에
볼그레진 귓불 보며 푸르던 시절 그리움에
멈칫 타임머신을 타본다

인연

본향 찾아 그리움 물고 날아가는 철새 떼의 날갯짓에
구름도 길 비켜주는 초겨울

코흘리개 고무줄놀이 하던 친구들
단발머리 하얀 운동화의 동창들
담 넘어 정담 나누던 이웃들

서로의 울타리 되었던 인연들이
슬픔 머금은 이슬방울로 지워져 간다

갈바람에 어른거리는 얼굴들
앨범 속 추억 배인 연둣빛 향기에 젖어
빛바랜 기억을 만지작거리는 동짓달 그믐밤이다

청춘크림

앨범 속 단발머리 소녀
흑단 같은 머릿결 그대로이고
액자 속 장미꽃은 사계절 아름다움 뽐내는데

야금야금 삼켜버린 푸르렀던 시간들
세월에 빛바랜 억새꽃 같은 머리카락
염색으로 숨기고 거울을 본다

골 패인 주름살 펴주는
청춘크림은 없을까?

달빛과 도란거리며
수분 마스크 팩으로
주름살을 달래 본다

쓸쓸함에 대하여

아파트 노인정에 현관문 열쇠 목에 걸고
지팡이에 기댄 외로움들이 옹기종기 모여 앉아
십원짜리 고스톱으로 시간을 삭이고 있다

쩌렁하던 목소리 동전 뒤에 숨어 쨍그랑거리고
파란만장 주무르던 뭉퉁해진 손가락
파르르 화투장을 뒤집는다

쓸쓸함 외로움 고독이 버무려진 비빔밥으로
허기진 마음을 채우고 뉘엿뉘엿 해질녘
지팡이 더듬거리며 집으로 집으로

외로움과 그리움은 훨훨 날아가고
쭈글했던 얼굴엔 해당화 꽃이 활짝 피어난다

추억정리

애환과 체온이 젖어 있는 장롱 속
가지런히 걸려 있던 옷소매에 추억이
그렁그렁 매달려 있다

보라색 투피스 꽃무늬 원피스 빨간색 반코트
반세기 지나니 손사래 치는 그들

이웃 아우에게 추억 깃든 옷 가방 모자
시집보내던 날
푸석한 미련만 남긴 채 종종 걸음으로 문을 나서는
그들을 바라보며 20년 전 순백의 면사포 쓰고
해맑게 웃던 딸의 모습 보며
눈시울 적셨던 그 때 그 시절이
활동사진으로 스쳐 지나간다

이젠
모든 근심 걱정 훌훌 털어버리고
깃털처럼 가뿐한 마음으로 노을빛에 걸려 있는 시어 낚으며
들숨날숨 평안한 하루하루 보내길 소망해 본다

낯선 얼굴

사진관 후레쉬에 내 얼굴이 사라졌어요

분실한 주민등록증 습득하신 분
분실된 세월과 함께 돌려주시면 사례하겠습니다

재발급용 사진 속
세파에 흥건히 찌든 노파
허공 바라보며 멍하니 앉아 있는 낯선 모습

댁은 뉘시요?
잠시 얼굴을 만져본다

보아도 보아도
낯선 얼굴이다

인생의 눈금

세파에 씻겨간 키 3센티미터
맨발로 저울 위에 올라가
몸무게를 재어본다

삶의 보퉁이 저울 위에 올려놓고 눈금을 보니
파르르 떨며 바윗돌보다 무거워서 무게로
환산할 수 없단다

살며시 내려놓은 보퉁이에
숨고르기 하던 눈금이 속살거린다

검불 같은 인생살이 하회탈처럼
웃으며 살라고

가을을 낚다

낭창하게 익어가는 가을

농부의 땀방울로 버무린 떡밥
낚싯바늘에 꿰어 파란 하늘에 던져본다

낚싯대가 휘어진다

자맥질에 줄줄이 물고 오는
사과 배 대추 그리고 허수아비

농부의 땀 배인 얼굴에
박꽃 같은 미소

풍요를 나르는 경운기 소리가 요란하다

제5부

행복은 꿈속의 파랑새다

홍시 두 개

낙엽이 우수수 쌓인 둔덕 아래
바람과 햇살이 살며시 머물다 가는
부모님 잠드신 곳

자식들이 놓고 간 상석 위 홍시 두 개
산새들이 조잘대며 적막 쪼아 먹는 소리에
외로움 달래시겠지요

억새풀 스치는 비탈길에서 뒤돌아보던
자식들 귀밑머리에도 희끗희끗 황혼이
내려앉고 있답니다

아버지 어머니 그립습니다

골프

메뚜기 이마빡만한 좁은 땅덩어리에
산 속 나무들의 생뼈를 해체하여
민둥성이 다져만든 그 곳

피와 눈물과 땀이 배인 그린 위를
어깨에 날개 달고 날아다니는 골퍼들
나이스 샷을 외치며 하늘을 가르던 승부욕이
초록초록한 잔디밭에 호기롭게 착륙한다

웃음소리 박수소리에 화들짝 깨어난 풀잎들이
갤러리가 되어 응원가를 부르고 있다

죄 없는 사람만 간다는 천국 같은 곳에서
바람과 햇살의 호위 받으며 욕망을 채우는
그들만의 놀이터

하얀 공 바라보던 화전민
감자꽃이 그리워 촉촉이 젖은 눈시울이 자줏빛이다

초록광장

날마다 왁자지껄 놀이잔치가 열리는
아파트 앞 초록광장

새댁들 수다로 굴러가는 유모차 바퀴
롤러스케이트 타다 엉덩방아 찧으면
하늘을 붙잡고 우는 아이들

노란 깃발 펄럭이며 세발자전거로 경주하는
삐약이 유치원생
배드민턴으로 단합대회하는 가족들의 웃음소리
벤치에선 추억 건져 올리며 햇볕과 나란히 앉아
구경하는 할머니

승자도 패자도 없는 웃음꽃 활짝 핀 잔치마당이
하루를 닫는 해거름

모두 떠나간 빈자리에 길고양이 한 마리
달빛 덮고 누워 사르르 잠을 자고 있다

새싹이 돋아날까

악령이 회오리치며 영혼을 덮치고 있다
세치 혀로 시퍼런 날을 세워
가녀린 생명의 심지를 짓밟아 뭉개 버리고
비소(誹笑)를 날리며 가식과 위선의 탈을 쓴 채
심장을 갉아먹는 불가사리

출입금지 푯말을 세우고
차단막을 둘러친 자존심의 절규

찢겨진 생살이 아물면
연둣빛 새싹이 돋아날까?

행복이란

남녀노소 모두모두 행복 찾아
번뜩이는 눈의 섬광이 섬뜻하다

비행기 타고 먹구름 낀 하늘길을 질주하기도 하고
돛단배 타고 풍랑길을 노 저어 가기도 하고
자동차 타고 울퉁불퉁 황톳길을 달리기도 한다

울울창창한 숲을 지나 산꼭대기 오르기도 하고
하산길에 길을 잃고 헤매기도 한다

행복은 꿈속의 파랑새다

흉터

깨어진 쪽박을 실로 꿰매어 본다
바스러진 살점들의 신음소리

새살은 돋지 않고
피멍든 흉터자국만 남아있다

봄 봄 봄

한파에 차가웠던 달빛이
봄바람 부니 볼그레 홍조 띠며
창가에 내려앉는다

남녘에서 불어오는 새콤달콤한 매화꽃 향내
산수유꽃 위로 맴돌던 꽃샘추위에
화들짝 깨어난 벌들의 봄나들이

수양버들 물에 비친 자태 단장하고
박새 참새 텃새 봄을 쪼며
목청 높여 늦잠 자는 풀잎을 깨운다

까치발로 살금거리며 다가오는 봄 봄 봄

카멜레온

하늘빛과 마음빛은 카멜레온처럼 변화무쌍하다

햇살 짱짱한 청명한 날이면
마알간 낯빛으로
먹구름 낀 흐린 날이면
잿빛 낯빛으로
함박눈 내리는 시린 날이면
하이얀 낯빛으로 다가온다

우리들 마음 빛은 희로애락으로
기쁠 땐 파란 히아신스 향기
슬플 땐 노오란 국화꽃 향기
사랑할 땐 빨간 장미꽃 향기로 다가온다

지구촌 사람들은 생존을 위해 카멜레온처럼
위장하며 살아가고 있다

설익은 감

청명한 가을 어느날
길바닥에 떨어져 뭉개진 설익은 감

텃새에 쪼이고 새벽바람에 쪼이고 구둣발에 밟혀
타는 듯한 고통에 앓는 소리가 길 위에 뒹구니
풀벌레 목청껏 노래하며 힘내라고 응원한다

시간 지나
게슴츠레 한쪽 눈 뜨고 텅 빈 허공 바라보다가
미지의 세계로 훨훨 날아가 버린 영혼

낯선 하늘 쳐다보며 두리번거리던
팔삭둥이 감씨 오남매가
감나무 밑동에 둥지를 튼다

너희들은 혹한 지나 봄 오면
어미 젖가슴 더듬거리며 눈을 뜨겠지

성애

매서운 한파 속
산장 유리창에 서린 성애는
아침 햇살이 녹여주고

여인의 가슴에 서린 성애는
임의 사랑이 녹여준다

돌고래 분수대

햇살 부서지는 하얀 포말에
뒷걸음치는 삼복더위

왁자지껄 분수대 앞 아이들은
높이 솟구치는 물보라 매미채로 낚아채며
여름을 식히고 있다

유모차 위 아기는 무지개 파편에 까르르 까르르
등 굽은 할머니 보행기도 싱그러운 풍광에
걸음 멈추며 쉬어가고
풀숲에 숨어있던 길고양이 빼꼼이 얼굴 내민 채
초록바람 마시고 있다

길 건너 목마르던 배롱나무 꽃
먼발치서 바라보며 입맛 다시고
땡볕에 익어가던 풋감은 소낙비 오기만
기다린단다

땅거미 지니
아이들 환호소리 맴돌던 그곳엔

여기저기 발자국만 나뒹굴고 있다

말복 지나면 콧대 높던 물줄기의 위상도
매미소리 따라 시들해지겠지

땅

땅 땅 땅
땅 빼앗는 소리

탄알 없는 총대 메고
하늘의 무수한 별 밭에
욕심껏 울타리를 쳐본다

입가에 번지는 미소

내일은 구청에 가서
등기부 등본이나 떼어봐야겠다

달의 한숨소리

어둠 내리니 보름달이 살며시
창문 열고 들어와 하소연한다
우주선 소음 분진에 놀랜 토끼가
병이 들었단다
지구인들 호기심에 시달려
토끼 얼굴은 반쪽이 되어가고
계수나무도 메말라가니
운석으로 팔매질하기 전에
관심 버리고 역병이나 잘 다스리라
경고한단다

부엌

호적 떼어 솜이불 보퉁이에 넣고 완행열차에 오른
노랑 저고리 다홍치마 철부지

무지개 좇다가 시집살이란 늪에 빠져
허우적대며 지내온 긴 세월

충직한 머슴 되어 식솔 섬기다 보니
시린 손가락 마디마디 부어오르고
손등엔 생강 줄기처럼 검푸른 힘줄 솟구쳐 흐른다

청국장 생선 비린내가 모락거리는
나의 유일한 공간인 부엌
세월에 할퀴어 기우뚱거리는 싱크대 다리
한숨 배인 빛바랜 행주치마

설거지통에 수북이 쌓인 그릇 씻어 행주로 닦으니
광채 나는 얼굴로 환하게 웃는다

낡아버린 내 육신도 사랑이란 묘약으로 어루만지면
붉은피톨 요동치며 파닥거릴까?

구수하게 피어오른 누룽지 냄새 마시며
젓가락 두 짝이 마주보고 웃는다

외로움

청아한 노래로 숲을 깨우는 산새도
외로우면 눈물 흘릴까?
워낭소리 앞세워 우시장 가는 황소
외양간 돌아보며 눈물 삼키고
개장수에 끌려가는 황구
붉은 노을 쳐다보며 눈물짓는다

갓난아기 배고파 울고
늙은이는 외로워서 운다

외로워서 우니까 사람이다

이삿짐

아파트 입주한 지 20여 년
이웃들의 묵은 정이 고가사다리차에
대롱거리며 고별인사를 한다

한 집 두 집 떠나가는 정겨운 얼굴들

아파트 앞마당에 묵묵한 지킴이
목련 영산홍 라일락

봄볕에 꽃망울 터뜨린 꽃들이
텅 빈 가슴 어루만지며 간지럼을 태운다

지나간다

시간은 샅바를 틀어쥐고 붙잡으려 하지만
냉혹하게 뿌리치고 앞만 보고 지나간다

힘으로
돈으로
명예로
유혹해 봐도
호각소리에 맞추어 행군하는
저 발자국 소리

시간은
만질 수도
볼 수도
들을 수도
맛볼 수도 없다

그냥 스쳐 지나간다

오늘

오늘이 제자리걸음으로 두리번거리더니
나침판 쳐다보며 뚜벅뚜벅 걷기도 하고
도시의 빌딩 숲 날다가 유리창에 부딪쳐
선혈이 낭자한 채 울부짖기도 한다

조각배에 희망 한 움큼 싣고 콧노래 부르며
실개천 지나 강으로 흘러가기도 하고
희로애락 배낭에 메고 산꼭대기 올라가
잡힐 듯한 하늘에 지팡이 걸어두고 오르려
발버둥치기도 한다

가로등 불빛 드리워진 밤에 그림자 밟으며
내일로 가는 축 처진 어깻죽지
첫닭 우니 창문 열고 들어오는 새 아침
오늘 날씨 맑음

시의 꽃

이슬 머금은 5월의 모란꽃
뜨락이 화사하다

새벽 창문으로 스며든
달빛이 피워낸 시의 꽃은
더욱 아름답다

| 작품해설 |

팽팽한 균형을 이루는 '삶의 대차대조표'를 완성하기 위하여

— 천영희 시의 길과 세계

이 상 호
(시인, 한양대 명예교수)

1. 시심의 씨앗; 시에 대한 알뜰한 믿음

천영희 시인의 새 시집 『동백꽃은 언제 피려나』의 원고를 검토하면서 서술 방향의 실마리를 잡기 위해 고민을 거듭하며 숙성 과정을 거치는 중에 우연히 한 신문에서 내 마음에 불을 켜는 글을 만났다.

프랑스 작가 마르셀 프루스트의 유일한 장편 소설 『잃어버린 시간을 찾아서』를 10년 만에 번역을 마친 김희영 교수가 한 언론(『중앙일보』 2022.11.17)에서 밝힌 소감 중의 몇 구절, 특히 "하찮고 일상적인 삶의 조각을 건축물로 만드는 게 문학의 힘이라는 걸 느꼈다.", "우리를 감동케 하는 건 거창한 사상이나 이데올로기가 아니라, 매일 느끼는 감각 · 감동 · 분위기 · 기분 등이란 걸 보여주는 것 같다"라는 소회가 바로 그것이다. 문학에 임하는 사람들은 누구나 어느 정도 느꼈을 법한 사유들임에도 새삼스레 마음이 끌린 까닭은 은연중에 '남달리 새롭고도 대단한 무엇을 찾으려는 버릇'이 부질없는 짓일 수도 있음을 일깨워주었기 때문이다. 어쩌면 그 허욕이 글쓰기를 더 어렵고 힘들게 할지도 모르겠는데, 그의 술회가 서술 갈피를 잡기 위해 들뜬 내 머릿속을 한결 가볍게 정리해 주었다.

이런 우연한 만남에서 천영희 시인이 일군 시의 세계를 번듯하게 구축해야 할 내 임무의 실마리를 푸는 필연성을 찾아냈다. 그것은 바로 '시인의 말'을 곱씹어볼 필요가 있다는 생각이었다. 형식주의 논자들은 작가의 위대한 사상이나 정서가 곧 그 작품에 직결되는 건 아니라고 보았으나, 그러함에도 때로는 작품의 진실에 도달하는 데 시인의 창작 배경과 의도를 살펴보는 일이 큰 도움이 될 때도 있다. 특히 '아하'라는 감탄사가 나올 만큼 시인의 의도와 작품 결실을 등식으로 연결할 만할 때 더욱 그렇다. 아마도 천영희 시인의 시를 읽을 독자들이 이런 순간을 맛보지 않을까 감히 미리 짐작해 본다.

이를테면 다음과 같은 '시인의 말'; "어둠이 흐느끼는 밤이면 시를 씁니다/ 실타래에 돌돌 감긴 가슴 속 아픔들/ 한 올 한 올 시로 엮어내면/ 붉은 한숨이 하얀 꽃으로 활짝 피어납니다// 시를 쓰므로 내가 살아있다는 존재감을 의식합니다"라는 대목을 읽은 뒤 시를 읊고 음미하면 왜 시인이 뒤늦게 시단에 오르고 치열하게 시 짓는 일에 정성을 바치는지 훨씬 더 깊이 이해할 수 있으리라 믿는다. 어찌 보면 위 세 문장으로도 이미 우리는 천영희 시인이 구축할 시적 세계의 모양과 빛깔을 어느 정도 가늠할 만하다. 그토록 절실한데 어떻게 시로 풀어내지 않고 배길 수 있었을까, 또 그 절실함에서 무엇이든 시가 되지 않으랴? 하는 믿음이 절로 깊어진다.

시적인 행과 연 갈음으로 토로한 그의 말은 시만큼 우리의 마음을 움직이게 하면서 시인이 펼쳐나갈 시의 방향을 가늠하게도 하여 그야말로 시집의 이정표 역할을 단단히 한다. '어둠이 흐느끼는 밤' 이라는 비극적 현실 인식, 시 짓기와 작품을 통한 자기 정화 의식(意識 · 儀式), 존재 인식과 자존감, 그리고 감각적인 표현들. 여기서 시인이 추구하려는 시적 세계의 주된 빛깔이 집약적으로 드러난다.

하나는 삶의 기쁨보다는 아픔에 대해 깊이 성찰하며 정화(또는 초월)의 길을 찾는다는 점이고, 다른 하나는 그것을 표현하는 과정에서 무엇보다 감각적 심상을 즐겨 다루리라는 점이다. 말하자면 마음에 고여 있는 정서의 모호성을 구체적으로 형상화하려는 창작의식이 충만해 믿음성을 더한다. 이와 같은 시심의 꽃대에서 어떠한 시의 꽃들이 피어날지, 다음의 시에 대한 시 쓰기 형식인 이른바 '메타시(meta poem)' 를 통해 그 실상을 미리 가늠해 볼 수 있다.

된서리에 낙엽 덮고 별 헤던 도토리

두리번거리던 등산객 손에 덥석 잡혀 와
맷돌에 갈려 무쇠솥에 펄펄 끓어 틀에 갇히면
남녀노소 혀끝을 녹이는 도토리묵으로 태어난다

마음 밭에서 일구어낸 시 한 소쿠리
언어의 꾸러미 삶에 담금질하니
까만 멍 든 시간들 용틀임하며
달고나처럼 다디단 시어로 태어난다

–「태어난다」 전문

이른 아침
하루를 여는 촌장의 기침 소리에
맛깔난 시어 한 보따리 걸어둔 채
종종걸음으로 돌아가는 달과 별 그리고 바람

굴뚝에서 피어오르는 누룽지 냄새에
방글거리는 나팔꽃

시인의 마을에 아침이 밝았다

–「시인의 마을」 부분

위 두 편에 천영희 시인의 시관(詩觀)이 잘 드러난다. 이를 통해 우리는 시가 태어나는 과정과 시에 대한 시인의 인식을 엿볼 수 있다. 먼저 「태어난다」는 사람들이 '도토리' (자연)를 가공하여 삶의 먹거리로 만들어내는 것에 빗대어 시의 탄생 과정을 읊은 것이다. 특히 시인은 여기서 '시어'에 주목하는데 그것은 시어가 시를 짓는 가장 중요한 질료이기 때문이다. 말하자면 시란 시인의 '마음 밭에서 일구어낸 시' 형식을 전제로 하여 일상 언어들을 삶이라는 용액에 담금질해 '까만 멍 든 시간'이 다디단 시어로 태어나서 이루어진 결과라는 것이다.

무슨 말인가 하면 시인의 마음속에는 시심이 깃들어 있으므로 비극적 현실에 관련된 시의 씨앗을 그 마음 밭에 심어 싹을 틔우면 누구든('남녀노소') 음미하고 좋아할 만한 시(예술)적 세계로 변화된다는 뜻이다. 이에 따르면 1연의 도토리 → 도토리묵과 2연의 까만 멍(상처) → 달콤한 시어(시)를 등가관계로 놓아 자연 · 현실의 질료 → 예술(시)적 시어로 형상화의 길을 보여주었듯이 시인의 관점은 전통적으로는 '정화' 작용에, 현대의 적극적인 실용 개념으로는 '치유' 기능에 초점이 맞춰져 있다.

요즘 넓게 예술치료라는 개념으로 각 하위 양식(genre)에서 치료의 개념으로 확대하여 접근하는 경우가 많은데(이는 예술의 실용성을 강조하는 측면에서 보면 점점 높아지는 자본주의의 파도에 밀려 소외되는 예술의 입지를 넓히려는 적극적 의지에 관련됨), 천영희 시인도 시를 짓거나 읊는 과정에 치유의 기능이 작용함을 인정하여 '시치료'의 개념에 동의하는 것으로 보인다.

이 연장선에 「시인의 마을」이 놓인다. 여기서는 자연과 인간이 어우러지는 경지가 드러난다. 밤에는 '달과 별 그리고 바람' 이 인간의 마을에 내려와 함께 머물다가 낮이 오면 그 맛깔난 시어들을 두고 돌아가서 시가 태어나게 한다고 표현하고, 아침에는 누룽지 냄새에 방글거리는 나팔꽃이라고 표현하여 사람의 삶에 나팔꽃이 조응한다고 본 점들이 바로 그것이다.

시인은 이런 조화로운 세계가 '시인의 마을', 즉 우리가 꿈꾸는 아름다운 세계이자 궁극의 이상향이라고 암시한다. 달리 말하면 시인이 비판하는 현실인 '까만 멍 든 시간' 이 '달고나처럼 다디단' 살만한 세계(이상향)로 바뀌기 위해서는 사람들이 자연에 어우러지는 모습으로 거듭나야 한다는 것이다.

이러한 시인의 세계인식을 종합하면 '무위자연' 을 강조한 노장(老莊)사상, 또는 '자연으로 돌아가라' 고 일갈한 루소의 말이 떠오른다. 온갖 분열과 갈등과 싸움이 끊이지 않아 한없이 어지러운 세상이 모두 인위에 의해 저질러지는 병폐 현상이므로 이를 극복하기 위해서는 인위를 버리고 자연에 유합되어야 한다고 강조하는 게 노장사상의 핵심이다. 이에 비해 루소가 강조하는 자연(natura)은 단순한 자연을 넘어 세상 전체의 원초적 질서를 뜻하며, 특히 인간의 타고난 성향, 곧 '본성' 을 가리킨다. 그러니까 이들 사유의 핵심은 아무것도 하지 말라는 게 아니라 지나치게 억지로 자아를 왜곡해 남을 공격하여 갈등과 분열을 조장하지 말고 타고난 착한 성정 그대로, 그러니까 자연과 같은 모습으로 사는 삶을 지향해야 한다는 것이다.

이 점을 참고하면 번거롭고 어지러운 세상이 '시인의 마을' 로 새로 태어나면 좋겠다고 노래하는 천영희 시인의 정서에는 너무 타락해 어지러운 사회를 구원하고 초월하여 평화롭고 자유로운 세상으로 옮겨가기 위해서는 서로 '본성' 을 되찾는 일이 절실하다는 인식이 충만해 있다.

따라서 그의 시심과 작시 과정은 모두 본성을 되찾아 아름다운 '시인의 마을' 을 구축해야 한다는 우리의 염원을 실현하려는 노력의 한길이라 할 수 있다.

2. 복잡미묘한 가을 감각; 존재론적 비극성과 여성적 비운

문학의 하위 갈래 가운데 서정적 양식으로 갈라지는 시는 자기성찰을 위한 예술적 거울이고, 시인 스스로 자기다워지려는 영혼의 울부짖음이자, 자기를 증명하려는 처절한 존재론적 몸부림이다. 서정적 양식 중에도 서정시로 일컬어지는 경우 그런 빛깔과 향기가 더욱 짙고 강하다.

그렇긴 해도 사실 따지고 들면 어떤 시든 결핍된 자아 또는 그 집합체인 우리의 존재와 현실 상황을 인식하고 궁극에는 그 대척점인 꿈의 세계를 그리는 방향으로 열려 있게 마련인데, 그 출발점이 바로 성찰이다. 이렇게 보면 시가 탄생하는 심리적 구조는 대체로 성찰–반성–꿈꾸기의 단계로 집약된다. 천영희 시편들도 기본적으로 이 구조로 이루어진 작품들이 대종을 이루어 서정시로 분류될 수 있다. 시인은 그 점을 증명이라도 하듯이 시집의 첫머리를 자기

성찰에 관한 작품을 배치하였다.

조물주로부터 대출받은 목숨
금리가 너무 높다

삶의 대차대조표를 보니
향내 배인 핑크빛 꽃길은 짧고
먹구름 짙게 뒤덮인 협곡에
밧줄 잡고 바둥거렸던 길은 길다

들꽃과 산새들이 배웅하는 따뜻한 봄날
이자 차곡차곡 포개 배낭에 넣어 메고
대출 상환하러 가는 길목

11월의 끝자락
찬바람에 나뒹구는 낙엽
비에 젖어 뭉개진 채
흙으로 돌아가고 있다

–「삶의 대차대조표」 전문

시인은 '기업의 재정 상태를 한눈에 볼 수 있게 도식화한 표' 인 대차대조표에 빗대어 '삶의 대차대조표' 라는 상상력을 발휘해 자기성찰의 한 장면으로 흥미롭게 그려냈다. 삶의 행태를 도식화한 대차대조표, 즉 삶의 과정을 성찰한 결과는 이미 예상되는 대로 비극적이다. 만사 행복하기만 하다면 성찰의 필요성을 느낄 겨를이 없듯 시를 지을 이유도 없기 때문이다. 그렇듯 비극적 차원에서 바라보는 인생 역정을 시인은 4연의 기승전결 구조로 조직해서 그가 바라보고 인식하는 삶에 대한 상념이 구조적으로 드러나도록 세심하게 배려하였다. 그만큼 이 시는 감상자도 상당한 주의를 기울여야 진의에 도달할 정도로 깊이를 지닌다. 특히 삶의 네 계절 가운데 봄과 가을만 표현하고 여름과 겨울을 생략하여 가을을 사는 자아의 한 모습을 실감하도록 그린 점이 돋보이는 작품이다.

한 걸음 더 안으로 들어가면 시인은 근본적으로 삶의 과정을 비극이라고 인식하는데, 그것이 자기 능력이나 노력과 상관없는 유한한 목숨이라는 절대적인 차원이어서 매우 심각하다. 그의 인식에 따르면 인간은 '조물주로부터 대출받은 목숨' 으로 태어나는데 태어나는 동시에 빚쟁이일 수밖에 없는 운명인 데다가 '금리' 마저 '너무 높다' 니 이승에서는 빚쟁이를 청산할 가능성이 없다. 그래서 '삶의 대차대조표' 는 늘 적자 인생이라는 멍에를 진 상태로 작성될 수밖에 없다. 이를테면 '꽃길은 짧고' 협곡에서 위태로운 삶의 밧줄을 잡고 아슬아슬하게 '바둥거렸던 길은 길다' 라고 판단하기 때문이다.

시인은 이처럼 '짧은 행복/긴 불행', 즉 낮은 쪽으로 기울어진 삶이라는 슬픈 구조를 3연의 '따뜻한 봄날' 에서 4연으로 건너가 바로 '11월의 끝자락' 으로 비약하는 연 구성을 통해 시각화는 동시에 심리적으로는 언제인지도 모를 정도로 눈 깜짝할 찰나에 지나가는 인생길의 한과 슬픔이 짙게 드러나는 효과를 거둔다. 이에 더해 가장 행복할 봄날마저 목숨을 빌린 이자를 '상환하러 가는 길목'에 불과하며, 결국에는 빚쟁이를 청산하는 길은 '흙으로 돌아가'는 길뿐이라고 암시해 그저 한없이 쓸쓸하고 씁쓸한 삶의 길을 더욱 뼈저리게 느끼게 한다.

인간이란 오로지 비극적인 존재라는 시인의 관점으로 마지막 4연을 들여다보면 미묘하고도 모호해져 더 헛갈린다. 즉 '흙으로 돌아가고 있다'라는 낙엽의 상황은 비극적인 순간인지, 희극적인 순간인지? 가늠하기 힘들다. 일단 표층에 드러난 '11월의 끝자락' '찬바람에 나뒹구는' '비에 젖어 뭉개진 채'라는 표현에 따르면 존재의 비극적 말로를 형상화하려는 것으로 보인다.

그러함에도 앞뒤의 맥락에 잇대어 다시 곰곰이 생각하면 흙으로 돌아가는 낙엽을 반드시 비극적으로만 볼 까닭이 사라진다. 빚쟁이로 사는 적자 인생을 드디어 청산할 기회가 생겼기 때문이다. 다만 암시할 뿐 시인이 직접 표현하지 않은 이 같은 심층에 내포된 의미에 의한 아이러니로 인해 이 시는 새로운 차원으로 다가온다. 이를테면 시의 마지막 행에서 아무 수식도 없이 '흙으로 돌아가고 있다'라고만 담담하게 표현하였듯이 존재에 드리운 어떤 지독한 비극도, 마침내 그 비극이 대단원의 막을 내리는 죽음의 고요한 순간도 모두 삶의 한 과정으로서 누구나 반드시 공평하게 겪어야 할 운명으로 받아들여야 함을 넌지시 일러주는 것 같아 울렁거리던 우리 마음이 조금 잔잔해질 수 있다.

이와 같은 존재론적 비극성, 즉 태어나는 순간은 곧 죽음으로의 여행이 시작되는 출발점이라는 시인의 인식은 이번 시집에서 자주 출몰한다. 인생의 가을이라는 시점에 당도한 어느 누군들 사위어가는 목숨의 촛불로 인한 아린 인식에서 완전히 자유로울 수 있을까마는 운명적으로 남다르게 세계와 존재를 성찰하고 미래를 내다보려는 시인으로서는 더 깊은 감회(感懷)에 젖을 수밖에 없다.

이를테면 "뒷방 구석에 오두마니 앉아있던 낡은 기타"를 보면서 "광화문 연가를 목청껏 부르며 청춘을 불태우던/ 푸르던 시절"을 그리워하거나 "문고리 헐거워진 서랍장 안에 들어앉은/ 빛바랜 앨범 속 사진/ 파닥이던 웃음소리 파랑새 되어 날아가고/ 주름진 한숨소리만 문틈으로 새어나온다"(「카네이션 꽃」)라고 한탄하며, 어느 때는 "가난의 70년대"와 "리모컨으로 지령 내려 가전기기 움직이고/ 내비게이션 지시로 맛집 찾아 나들이 가는 우리"를 대비하여 "황혼빛 노을이 참 이쁘다"(「그때 그 시절」)라고 격세지감을 실감하는가 하면, 또 다음 시에서는 지나온 시절 전체를 감각적으로 재구성해 보여주어 살짝 안정감에 들기도 한다.

벽시계의 추가 추억을 매달고 대롱거린다

땡그랑 유년시절의 연둣빛 풋내음

땡그랑 청년시절의 청록빛 파닥임
땡그랑 중년의 보랏빛 요염함
땡그랑 노년의 은빛 중후함

빛바랜 벽지 속에 숨어있던 시간들이
노을빛 따라 오늘이란 산등성이를
넘어가고 있다

– 「땡그랑 땡그랑」 전문

이 시는 과거를 회상하면서 비감에 젖는 것이 아니라 인생 역정이란 매시기마다 그 나름의 특성이 있음을 보여준다. 삶의 순간순간은 지나가 사라진다기보다는 과거로부터 현재로 이어져 오며 추억을 쌓아가는 길이라는 것이다. 시인은 그 변화를 시간이 좌우하니까 먼저 시간의 매듭을 알리는 '땡그랑' 이라는 시계소리의 음성상징을 앞세워 시절에 따라 각각 다른 특성을 보여주는데 그것을 공감각적 심상들(imagery)을 통해 흥미롭게 묘사하였다. 즉 유년시절에는 시각적+후각적 심상, 청년시절에는 시각적+역동적 심상, 중년에는 시각적+시각적(아리따움) 심상, 노년에는 시각적+촉각적(무게감) 심상으로 표현하였다.

여기서 보면 시각적 이미지를 공통분모로 하면서도 시기별로 점점 성숙해 가는 모습이 드러나게 하여 장점 중심으로 존재의 변화를 그렸음을 알 수 있다. 이러한 흐름의 영향을 받아 마지막 연의 표현도 비록 '빛바랜' 이라는 시간의 흐름과 퇴색이라는 감각적인 시어가 들어있기는 해도 별로 비애감이 들지 않는다. '오늘' 이라는 시각도 그저 작은 한 매듭이 되어 추억으로 차곡차곡 쌓일 뿐이라고 하니까.

그런데 이렇게 다소 안정적인 감각을 보여주는 존재 인식이 여성, 특히 주부라는 존재론적 위치로 눈길이 돌아가면 상당히 격한 어조로 한스러운 삶의 역경을 토로하는 방향으로 바뀐다. 세상이 급변해서 지금 젊은 세대로서는 도저히 이해하기 힘든 일이 조금만 시간을 거슬러 올라가면 주부라는 직업 아닌 직업인으로 살았던 여성들에게는 숱하게 일어났음을 우리는 기억한다.

특히 남존여비라는 부조리하고 불합리한 전통답지 않은 전통의 폐해로 인한 구조적 박탈감과 정체성 상실감에 허덕이던 시절에 여성들이 겪었을 법한 울분이 무척 아릿하고도 처절하게 다가온다. 가령, "산전수전 시집살이 겪다 보니 어느새 백발"이 된 자아를 돌아보고 "송아지 코뚜레 끼워 길들이기 하여 황소 되니/ 멍에 짊어진 채 채찍 맞으며 쟁기로 척박한 땅/ 옥토 만들어 주인에게 진상하고 가죽과 뼈까지 내어준/ 너를 닮은 듯"하다고 통탄하며 "이름 잃고 며느리 집사람 엄마로 불리던 여인/ 빛바랜 행주치마 정갈하게 접어두고/ 이제는 이름 석자 고딕체로 새겨진/ 명함 한 장 갖고 싶구나"(「이름 석자」)라고 토로하는 대목에 그 점이 절절히 드러난다. 이게 다가 아니다.

다음 시에서는 더 격한 어조로 신세를 한탄하여 주부의 삶이 얼마나 비참해질 수 있는지 남자로서는 가히 상상조

차 하기 힘든 상황들을 폭로한다.

주부로 입사한 지 오십 년
파란만장 요지경 속에
광대놀음 하며 걸어온 피멍 든 발자국들

머리부터 발끝까지 고장 난 몸뚱이
명의의 처방전에 의지하며 지내고 있다

교대 없는 주야간 근무에 공휴일도 헌납하고
명절엔 딱따구리 쪼는 듯한 두통에 시달리며
이 나이 되도록 정년퇴직 못 하고 연장근무에
불침번까지 서고 있다

성근 백발에 붉은 띠 질끈 매고
파업을 외치던 노파
성대결절로 목소리만 퉁퉁 부었다

빛바랜 행주치마 고이 접어 도마 위에 올려놓고
장롱 속 족쇄 채운 노비문서 파기할 날 기다리니

멀리 요양병원 불빛이 어서 오라 깜박이며
길 안내하겠단다

- 「족쇄」 전문

이 시는 '주부'를 직업으로 구별하는 일반 통념(?)을 바탕으로 하여 여성의 시집살이를 회사에 취직하여 근무하는 것처럼 묘사하면서도 실제 회사에서도 도저히 그럴 수는 없는 고욕을 당하는 모습들을 적나라하게 고발하였다. 실제로는 회사 생활이 아닌 가정주부의 일인데 회사 생활과는 비교할 수 없을 정도로 비참한 고역(일부분 과장의 아이러니)에 시달린다는 아이러니로 시작되는 이 시는 자기 폭로 형식을 취함으로써 일종의 소크라테스적 아이러니의 구조까지 보여주어 아이러니가 겹겹이 겹쳐 있다.

이를 통해 차마 밖으로 드러내기 부끄러운 내용을 과감하게 세상에 밝히면서 스스로 자기 정체성을 강력하게 일깨운다. 그리고 이 비판적 고백을 사회적 의미로 확장하는 폭로 효과를 극대화하기 위해 짐짓 더 과격한 어조로 토로하는 형식을 취해 관점에 따라서는 정제가 부족하다는 비판을 받을 여지도 있다. 여기서 또 시인의 표현 의도와 감상자의 느낌이 서로 갈릴 수 있어 다시 아이러니가 작동한다. 이렇듯 이 시는 아이러니로 시작해서 아이러니로 끝난다. 한 가정의 살림 주역인 주부임에도 주부로서 정당한 대접을 받지 못하는 기구한 운명을 구조화한 듯 아이러니가 복합적으로 조직되어 있다.

그런데 사실 불과 한 세대만 위로 올라가더라도 주변에서 종종 들을 만한 하소연이라 그 세대의 또래들로서는 금방 수긍하고 머리를 끄덕일 만큼 실감나는 대목도 많다. 표면적으로 보면 얼핏 시인의 체험을 반영한 것 같은데, 이는 서정시의 특성인 고백 형식의 영향일 수도 있음을 간과해서는 안 된다. 말하자면 시인의 직간접 경험을 망라하여 과거 우리나라 많은 주부와 오늘날의 일부 주부들이 겪었을 법한 짙은 한과 울분을 강조하는 의도가 깔려있다고 봐야 한다. 억울하고 분통터지는 삶을 강력하게 폭로하고 불합리함을 비판 고발하는 데 에두르거나 감출 겨를도 이유도 없다. 그러니 해설자가 구구한 설명을 더 보탤 만한 구석도 별로 없다. 또 굳이 사실 여부를 따질 필요도 없다. 우리 사회에 어딘가에는 이보다 더 강팍한 삶을 산 여인도 얼마든지 있었고 지금도 있을 수 있을 테니. 그러니까 충분히 개인적 편협성을 넘어 개연성을 지닐 수 있다.

다만 여기서 우리가 더 관심 깊게 보아야 할 대목은 마지막 연의 결구이다. 즉 그토록 힘겨운 삶을 산 대가가 기껏 '요양병원' 행만이 기다릴 뿐이라고 표현한 부분이다. 시인은 이른바 '낀 세대' 의 참을 수 없는 허망함과 비애감에 초점을 맞추었다고 할 수 있다.

앞 연의 '노비문서 파기할 날 기다리니' 와 바로 뒤에 연결된 연의 "멀리 요양병원 불빛이 어서 오라 깜박이며/ 길 안내하겠단다" 사이에 들어있는 기대감이 한순간에 허무하게 무너져 버리는 아이러니한 오늘날의 현실 정황을 시인은 뼈저리게 성찰하고 비판하였다. 그러니까 윗세대의 주부들은 젊을 때는 대대로 전해 오는 대로 부모를 집에서 극진히 모시고, 말년에는 형편이 엄청나게 좋아졌음에도 불구하고 집에서 모시기 어렵다고 너도나도 부모를 요양

(병)원으로 보내는 현상이 유행처럼 번져 어쩔 수 없이 새로운 문화(?)에 적응해야 하니 이중으로 몸살을 알아야 한다는 것이다. 그래서 시인은 급변하는 세태로 인해 한이 몇 곱절 더 쌓일 수밖에 없다고, 결단코 남일 같지 않다고 애끓는 마음으로 분통을 터뜨린다.

거의 평생 극악한 환경에서 겨우 목숨이나 부지한 삶인데 미래라도 좀 희망을 걸 수 있으면 좋으련만 그것도 부질없는 꿈일 따름이라니 어찌 기막히지 않겠는가. 그래서 때때로 몸은 앞으로만 가는데 마음은 오히려 뒤쪽을 바라보는, 몸 따로 마음 따로 이른바 영혼 일탈의 형국을 자초하기도 한다. 예컨대, "뒷짐 지고 실버타운 기웃거리며/ 여생을 보낼 아랫목 찾아 두리번거리는/ 은발의 할미// 떫던 풋감 시절이 그립다"(「그립다」)라고 표현한 구절처럼. 추억은 다 아름답다고 하던가? 그것은 책임 소지가 전혀 없는 지난 시절을 현재에 대비한 결과일 수 있다. 정작 그 시절에는 어서 어른이 되고 싶어 안달했을지도 모르니까. 그렇다면 시인이 '떫던 풋감 시절'을 새삼 그리워하는 까닭은 다만 앞날에 대한 두려움을 잠시나마 잊기 위한 미봉책일 수 있다. 이처럼 인생길은 어쩔 수 없이 유전(流轉)을 거듭하며 흐르기 마련이다. 다음 시는 그 사실을 더욱 분명히 확인케 한다.

> 칠부능선 지나 해넘이로 가는 길목에서 만난 한파
> 두툼한 내의에도 뼛속까지 오돌거리는 추위에

혼미해진 시간을 삼키며 지내고 있다

창 넘어 들어온 햇살만 째깍이는 초침과 잠시 놀다 갈 뿐
세파에 얼룩진 노인의 삼시 세끼 상차림과 설거지로
하루가 들숨날숨 숨 고르기 하더니 지팡이 짚고
문지방을 넘어가고 있다

마당에 소복이 쌓인 눈 위의 참새 발자국
엉덩방아에도 까르르 웃는 아이들 웃음소리
빙판 위를 구르고
질긴 시간만 오물거리며 허공에 던진 노인의 독백

동백꽃은 언제 피려나?

- 「동백꽃은 언제 피려나」 부분

'세파에 얼룩진 노인의 삼시 세끼 상차림과 설거지로 하루가 들숨날숨' 숨을 고르다가 '지팡이 짚고 문지방을 넘어가고 있다' 라고 하여 문맥상은 하루가 저문다는 의미이지만, 실상은 지팡이를 짚어야 하는 처지임에도 여전히 노인(남편)을 위해 하루 세끼 상을 차리고 설거지를 해야 하는 서글픈 노파의 신세를 암시한다. 그런 나이와 몸이 되어도 여전히 주부의 임무를 벗지 못했다는 것이다.

이는 문명 발달과 생활수준의 향상이 가져온 여파인 핵가족 시대로 인한 역기능에 말미암은 비극일 수 있다. 성장

한 자식들 뿔뿔이 떠나고 남은 노부부의 고립된 상황에 대비되는 '햇살'과 '초침'의 만남은 여전하다는 묘사가 애잔함을 자아내지만, 한편으로는 '눈 위의 참새 발자국', '까르르 웃는 아이들 웃음소리', '질긴 시간' 등의 심상과 환경들은 고독하고 서글픈 노부부의 마음에 한 줄기 빛으로 스며든다. 이윽고 그 빛이 노인의 은빛 마음에 한 줄기 희망의 싹을 틔워 '동백꽃은 언제 피려나?' 라는 기대와 궁금증을 피운다. 이 순간 분위기가 한결 환해졌으나 문맥상 꼭 그렇지만은 않아 일말의 애수도 서려 있다.

먼저 상기할 점은 동백꽃이 겨울에 핀다는 사실. 동백꽃의 생리를 염두에 두면 노인의 독백에는 복합적인 의미가 함축되어 있다. 표면상으로는 일단 기대감을 품고 있음을 뜻하는데, 문제는 동백꽃이 피기 위해서는 겨울이 와야 한다는 점이다. 겨울이란 곧 인생의 종착역을 상징하는 계절이 아닌가! 그러니까 여기에는 아이러니가 들어있다. 다시 표층적 의미로 돌아가면 겨울이 되어야 동백꽃이 피듯이 '질긴 시간을 오물거리며'(곱씹으며) 동백꽃이 필 때를 기다리는 마음은 추위가 닥쳐도 견뎌내겠다는 꿈과 용기를 갖는 것으로 볼 수 있다.

다만 '허공에 던진 노인의 독백'이라 했으니 부질없고 덧없이 혼자 중얼거리는 말이라는 의미도 붙어 있다. 이제 심층 의미로 확장해서 다시 그 독백을 엿들으면 동백꽃이 피면 노부부의 서글픈 삶도 마감될 수 있다는 점에서 그 순간에는 일종의 '비극적 황홀' 같은 역설적 의미가 발생한다. 말하자면 생명의 존엄성 차원에서 현실적으로는 비극이지만, 고달프고 서글픈 삶에서 벗어난다는 점에서 존재론적 차원에서는 희극일 수 있다. 이렇듯 만사는 상황이나 관점에 따라 의미가 사뭇 달라진다. 특히 절제와 함축이라는 큰 특성이 있는 시에서는 더욱 그러하니 짧은 구절이라고 해서 반드시 의미가 적다는 뜻은 아님을 이 시의 짧은 결구가 여실히 보여준다. 사려 깊고 재치 있는 시인의 설계 솜씨가 시에 그런 향기와 재미를 불어넣어 읽는 즐거움을 더했음은 물론이다.

3. 사랑과 미움의 양면성 인식; 균형을 이루는 삶의 대차대조표

이른바 '노령화 시대'에 관심이 높아지는 사회 현상에 자극된 까닭인지는 모르겠으나 존재론적 가을을 제재로 삼은 작품이 꽤 많은 편인데 앞서 우리는 주로 비극성을 내포한 주목되는 시 몇 편을 살펴보았다.

요즘 세간에서 나이는 숫자에 불과하다고 쉽게 말들 하지만 사실 그것은 용기를 북돋우기 위한 덕담이거나 말잔치에 지나지 않는다. 오히려 나이를 이기는 장사 없다거나 나이는 거짓말하지 않고 속일 수 없다는 옛말이 더 실체적일 수 있다. 시간과 공간의 지배에서 벗어나기 어려운 존재로서 자기 연령대에 대한 체험과 견문에 동떨어진 작품을 빚어내기는 그리 쉽지 않아서인지 선배 시인들 대부분 노인 관련 제재를 다룬다.

천영희 시인이 읊은 가을에 당도한 존재의 복잡미묘한

인식을 음미하며 그 사실을 새삼 확인하고 한편으로는 우울감을, 다른 한편으로는 공감하면서 그래도 살 만하다는 힘을 얻기도 한다. 더 많은 작품을 보고 싶고, 할 말이 더 있으나 가을빛은 여기까지만 쐬고 다른 빛깔의 시를 잠시 만나 보기로 한다. 다만 벌써 원고 분량이 상당해 되도록 말을 줄이겠다.

먼저 눈여겨볼 작품은 인간의 지나친 욕망에 대해 비판적 인식을 표현한 시이다. 많은 편은 아닌데 시인의 가치관을 엿볼 수 있는 측면에서 관심이 간다. 사회적 차원에서 노래한 「골프」·「달의 한숨소리」·「땅」이 눈길을 끈다.

「골프」는 자연을 훼손하고 '민둥성이'를 다져 만든 골프장을 조성한 것과 거기서 골프 치는 사람들에 대한 감상을 살짝 부러움과 비판을 섞어 아이러니로 표현하고는 그로 인해 피해당한 사람들의 상실감에 대해서는 공감해 대비 형식으로 이루어졌다. 이를테면 "죄 없는 사람만 간다는 천국 같은 곳에서/ 바람과 햇살의 호위 받으며 욕망을 채우는/ 그들만의 놀이터"에서는 골프 치는 사람들을 선택받은 존재로 바라보던 한때의 사회 인식을 보여주는 데 반해, "하얀 공 바라보던 화전민// 감자꽃이 그리워 촉촉이 젖은 눈시울이 자줏빛이다"라고 마무리한 연에서는 골프장 개설 탓에 쫓겨난 피해자들의 슬픔을 묘사하였다.

여기서 시인은 빈부와 계층 차이 및 환경문제에 대해서는 비판인식을, 피해자에 대해서는 동정심을 유발하도록 그려냈다. 표현 과정에서 '초록초록한 잔디밭'과 '촉촉이 젖은 눈시울이 자줏빛이다' 라는 시각적 심상이 돋보인다. '초록초록한' 이라는 형용사는 곱게 잘 다듬어놓은 골프장 푸른 잔디를 실감나게 표현하기 위한 신조어이고, '눈시울이 자주빛' 이라는 표현은 감자 심을 터전을 잃어버린 피해자들이 흘리는 눈물의 절실함을 강조하기 위해 자주감자꽃과 눈물이 서로 조응되도록 짠 것이다. 둘 다 참신한 솜씨가 빛을 발한다.

「달의 한숨소리」는 달에 관련된 민담과 "우주선 소음 분진"을 연결해서 "지구인들 호기심"을 비판하고 생태학적인 차원에서 접근한 작품이다. 시인이 하고 싶은 말은 창문에 비치는 보름달이 하소연하는 형식으로 상상력을 발휘해 표현하였다. "지구인들 호기심에 시달려/ 토끼 얼굴은 반쪽이 되어가고/ 계수나무도 메말라가니/ 운석으로 팔매질하기 전에/ 관심 버리고 역병이나 잘 다스리라/ 경고한단다"라는 표현에서 보듯이 과거와 현재, 전통과 현대, 상상과 실제를 넘나들며 문명의 발달과 인간 호기심(욕망의 발동)의 역기능으로 인한 병폐가 우주로까지 확산하고 있음을 비판적으로 다루었다. 물론 달에 있는 토끼가 병에 걸려 얼굴이 반쪽이 되었다는 상상력은 인간의 지나친 욕망이 얼마나 지독한 것인지 강조하기 위한 수단으로 과장의 아이러니 형식에 기댄 표현이다.

땅 땅 땅
땅 빼앗는 소리

탄알 없는 총대 메고
하늘의 무수한 별 밭에
욕심껏 울타리를 쳐본다

입가에 번지는 미소

내일은 구청에 가서
등기부 등본이나 떼어봐야겠다

–「땅」 전문

이 작품도 앞 시처럼 상상력을 발동하여 하늘의 별과 땅의 현실을 넘나든다. 현재 영토 전쟁을 벌이는 나라들을 의식하며 지었는지는 모르겠는데 어떻든 그것을 연상케 하면서 인간의 지나친 '욕심'을 넌지시 비판하였다. 뻔한 농담이긴 하지만 시치미 뚝 떼고 짐짓 '내일은 구청에 가서/ 등기부 등본이나 떼어봐야겠다'라고 허세를 표현한 대목에서 인간이 얼마나 간사할 수 있는지 참 가소롭다는 생각이 들게 한다. 탐욕이라는 심보가 인간을 이토록 뻔뻔하게 만든다는 점을 만방에 고하기 위해 시인이 스스로 웃기는 거울이 되려 한 듯해 오히려 애잔한 심사를 불러일으킨다.

이 밖에 "하늘빛과 마음빛은 카멜레온처럼 변화무쌍하다"라고 전제한 뒤 하늘빛과 마음빛을 동일시하여 인간도 자연의 한 부분임(또는 오만함)을 암시하면서 인간의 여러 가지 '낯빛'을 성찰한 「카멜레온」, "남녀노소 모두 모두 행복 찾아/ 번뜩이는 눈의 섬광이 섬뜩하다"라고 무서워하며 "행복은 꿈속의 파랑새다"라고 하여 행복은 꿈꾸는 것일 뿐 현실에서는 실현되지 않는다고 결론지은 「행복이란」, "헝클어진 삶에 나를 지워보려고/ 잠시 눈을 감고 명상에 잠겨본다", "고요 깔고 가부좌 틀고 앉아 참선으로 정진하면/ 탐욕이 지워지고 근심 걱정이 지워지고 불안 분노/ 번뇌와 잡념이 지워지니 곪았던 상처가 치유되어/ 맑은 삶 살아가는 중생들// 비움과 나눔을 명상하며 하루를 닫는다"라고 표현한 「명상」 등에도 오래 마음이 머문다. 시인이 세월에 닳아 아프고 슬픈 존재라는 인식을 넘어 마음의 평화와 자유라는 극점을 찾아가는 오솔길이 굽이굽이 펼쳐져 있는 까닭에서 그렇다. 관심 있는 독자의 일독과 음미를 권하며, 이쯤에서 시인이 추구하는 마지막 고개를 함께 넘기로 한다.

그래
뜨끈한 아랫목에 링거 꽂고
너랑 나랑 나란히 누워
무정한 세월 탓만 하지 말고
추슬러 보자꾸나

옥빛 하늘에 하얀 옥양목 치마가
펄럭이고 있다

– 「낡은 세탁기」 부분

"네가 파업을 선언하던 날"이라고 고장 난 세탁기를 의인화한 이 작품에서 시인은 "무정한 세월 탓만 하지 말고/ 추슬러 보자꾸나"라고 다독거리는 동료 의식을 표현한다. 물론 낡은 세탁기와의 대화라기보다는 늙고 아픈 자기 몸을 추스르고 기운을 차려야 한다는 소망을 대상에 옮긴 것이다. 그리고 마치 영상 화면처럼 슬쩍 장면을 바꾸어 "옥빛 하늘에 하얀 옥양목 치마가/ 펄럭이고 있"는 모습을 비추어 환유법으로 자신의 기분 상태를 멋지게 시각화한다.

말하자면 직접 보여줄 수 없는 마음속을 시각적 심상으로 대신 보여주어 맑고 깨끗해진 상태를 선명하게 떠올리게 자극한다. 그리하여 마음먹기에 따라 기분이 사뭇 달라질 수 있음을 확인하기도 한다. 이렇듯 이 시는 영상 기법을 원용하여 비가시적인 것을 가시화하고 구체적으로 보여줄 수 있는 심상의 장점을 잘 보여준다.

세파에 씻겨간 키 3센티미터
맨발로 저울 위에 올라가
몸무게를 재어본다

삶의 보퉁이 저울 위에 올려놓고 눈금을 보니
파르르 떨며 바윗돌보다 무거워서 무게로
환산할 수 없단다

살며시 내려놓은 보퉁이에
숨고르기 하던 눈금이 속살거린다

검불 같은 인생살이 하회탈처럼
웃으며 살라고

-「인생의 눈금」 전문

이 시도 앞 시와 비슷한 작법으로 이루어졌다. 세월이 흐르는 흔적을 바탕으로 한 점, 사실과 상상을 버무린 점, 사물을 의인화하고 대화를 나누는 점, 부정적으로 인식하던 인생살이를 긍정으로 돌려놓는 점 등에서 유합된다. 노쇠기에 접어들면서 몸에 나타나는 구체적인 징후 가운데 하나가 키가 줄어드는 현상인데, 이 시는 그 점을 실마리로 잡아 키와는 달리 무게가 줄어들지 않는 '삶의 보퉁이'를 강조하면서 그에 대응하는 마음을 보여준다. 역시 앞 시처럼 모든 것 마음먹기에 달렸다는 자기 인식과 의지를 저울의 눈금이 권하는 형식을 통해 암시한다. 즉 "검불 같은 인생살이 하회탈처럼/ 웃으며 살라고" 자신에게 명령한다. 아니, 그렇게 살아야만 한다고, 그렇게 긍정적으로 밝게 살자고 굳게 다짐을 한다.

물론 그래야 한다고 스스로 암시하고 다짐하듯이 현재 그런 모습으로 삶이 완성된 상태는 아니다. 앞에서 보았듯이 운명적으로 그가, 또는 우리가 비극적 인식을 완전히 떨쳐버리기는 사실상 거의 불가능하다. 그러기에 거꾸로 말하면 우리는 더욱 그 불가능성에 대한 가능성의 비율을 높이기 위해 온 마음을 바쳐야 한다는 점을 뜻한다. 시를 사랑하고 짓고 읊고 노래하는 까닭도 바로 그 때문이리라. 노래로 즐겨 마음에 새기고 일깨우다 보면 비록 보폭은 좁더라도 우리가 함께 염원하는 궁극의 세계, 그 이상향이라는 극치에 조금씩 가까이 다가갈 수 있지 않을까? 다음 시는 그 한 징후를 간명하게 표현한다.

> 인고의 세상살이
> 사랑과 미움을 저울에 달아본다
>
> 팽팽한 수평이다
>
> –「세상살이」 전문

이 작품 역시 인생살이를 저울에 달아보는 장면을 그린다. 이렇게 천영희 시인은 즐기듯이 수시로 인생살이를 재는 시를 지어 보인다. 마치 다이어트에 열중하는 사람이 몸무게를 재는 일에 집착하듯이. 그런데 시인은 몸무게가 아니라 마음 상태를 계속 성찰하고 점검하므로 전혀 다른 차원이다. '어둠이 흐느끼는 밤이면 시를 쓴' 다고 서문에서 밝혔듯이 어쩌면 그 어둠이 혹시 내 탓은 아닌지 날마다 스스로 돌아보며 책임감으로 고뇌하는 순간을 그만큼 많이 갖는다는 뜻일 수도 있겠다.

어쨌든 시인은 그 결과를 위와 같이 제시한다. '인고(忍

苦)', 즉 고통을 참고 감내하며 끝없이 자아를 성찰하면서 살아온 결과 '사랑과 미움' 이 '팽팽한 수평' 을 이루는 지점에 도달하였다고. 여기서 수평 상태를 평평하다 하지 않고 '팽팽한' 이라는 시어를 사용한 대목이 도드라진다. 이는 사랑과 미움이 팽팽하게 긴장 관계를 이룬다는, 여차하면 달라질 수 있는 위험성과 역동성 및 가변성을 암시하기 위해 선택한 시어라 할 수 있다. 그러니까 세상을 부정적으로 바라볼 때는 꽃길(사랑)은 짧고 아슬아슬 허우적거린 길(미움)은 길다고 가늠했던 지난날의 상황이 드디어 팽팽한 균형을 이룰 정도로 회복되었다는 결과는 바로 그 가변성에 기인한다. 그리하여 기울어졌던 삶의 대차대조표가 평형을 이루었으니 이제 시인은 평상심을 회복한 셈이다.

분석심리학에 따르면 사랑과 미움은 동전의 양면처럼 붙어있다고 한다. 겉으로 사랑이 뜨거워지면 속으로 차가운 미움도 그만큼 커진다는 것이다. 그 역도 마찬가지이다. 이러한 심리 작용으로 보면 사실 사랑스러운 꽃길은 짧은데 미운 가시밭길은 길다고 보았던 봄날에 작성한 삶의 대차대조표는 너무 큰 꿈이라는 잣대로 재어서 애초부터 기울어진 결과가 나올 수밖에 없는 구조였다.

그런데 숱한 경험과 시련을 겪으며 고통을 감내하는 슬기를 얻어 매사 마음먹기에 달렸으니 어떻든 긍정적인 자세를 취해야 한다고 거듭 다짐할 수 있는 성숙한 시점에서 다시 달아본 결과는, 비록 양극단의 대척점이기는 하나 사랑과 미움 모두 인생살이에서 빠질 수 없는 중요한 요소라는 사실을 느끼게 되었다는 것이다. 다시 말하면 사랑이 미움을 키우고 미움의 뒷면에 사랑이 작동하고 있다는 뜻이니 모두 삶을 영위하는 과정에서 수반되는 감정이라는 결론에 이르렀다고 할 수 있다.

천영희 시인이 도달한 이러한 결론은, 비록 몸은 세월을 이길 수 없을지라도 마음만은 하회탈처럼 늘 밝은 웃음 지으며 살겠노라는 큰 깨달음으로 얻은 결과라 하겠다. 물론 이것은 세속적으로는 인간 천영희의 나잇값일 테지만, 시인의 관점으로 보면 이제까지 살펴왔듯이 시인 천영희가 시를 사랑하고 짓지 않고는 배길 수 없도록 세상을 치열하게 성찰하고 꿈꾼 덕분에 보상받은 열매일 수도 있다.

여기서 우리는 '어둠이 흐느끼는 밤' 마다 시를 지어 '가슴 속 아픔' 을 '하얀 꽃으로 활짝 피어' 나게 하겠다는 천영희 시인의 시 힘에 대한 알뜰한 믿음이 실현되고 있음을 여실히 확인할 수 있다. 부디 그 믿음이 빛바래지 않고 늘 싱싱하고 푸르게 피어나기를 바라며, 이만 졸필을 놓는다.

동백꽃은 언제 피려나

•

지은이 / 천영희
발행인 / 김영란
발행처 / 한누리미디어
디자인 / 지선숙

•

08303, 서울시 구로구 구로중앙로18길 40, 2층(구로동)
전화 / (02)379-4514, 379-4519
Fax / (02)379-4516
E-mail/hannury2003@daum.net

•

신고번호 / 제 25100-2016-000025호
신고연월일 / 2016. 4. 11
등록일 / 1993. 11. 4

•

초판발행일 / 2022년 11월 30일

•

© 2022 천영희 Printed in KOREA

•

값 **12,000원**

•

※잘못된 책은 바꿔드립니다.
※저자와의 협약으로 인지는 생략합니다.

•

ISBN 978-89-7969-863-3 03810